The BUTTERFLY LION

蝴 蝶 狮

［英］迈克尔·莫波格（Michael Morpurgo） 著

［英］克里斯蒂安·伯明翰（Christian Birmingham） 绘 马爱农 译

湖南文艺出版社
HUNAN LITERATURE AND ART PUBLISHING HOUSE

小博集

THE BUTTERFLY LION

Text copyright © Michael Morpurgo 1996
Illustrations © Christian Birmingham 1996
First published in English in Great Britain by HarperCollins *Children's Books*, a division of HarperCollins*Publishers* Ltd.
Translation © China South Booky Culture Media Co., Ltd. 2023 translated under licence from HarperCollins*Publishers* Ltd.
The author/illustrator asserts the moral right to be identified as the author/illustrator of this work.

著作权合同登记号：图字18-2022-045

图书在版编目（CIP）数据

蝴蝶狮／（英）迈克尔·莫波格（Michael Morpurgo）著 ；（英）克里斯蒂安·伯明翰（Christian Birmingham）绘 ；马爱农译. -- 长沙：湖南文艺出版社，2023.1
书名原文：The Butterfly Lion
ISBN 978-7-5726-0694-6

Ⅰ．①蝴… Ⅱ．①迈… ②克… ③马… Ⅲ．①儿童小说—长篇小说—英国—现代 Ⅳ．①I561.84

中国版本图书馆CIP数据核字（2022）第081279号

上架建议：儿童文学

HUDIESHI

蝴蝶狮

著　者：[英]迈克尔·莫波格（Michael Morpurgo）
绘　者：[英]克里斯蒂安·伯明翰（Christian Birmingham）
译　者：马爱农
出版人：陈新文
责任编辑：吕苗莉
监　制：小博集
策划编辑：马 瑄
特约编辑：丁 玥
营销支持：付 佳 杨 朔 付聪颖 周 然
版权支持：刘子一
装帧设计：霍雨佳
出　版：湖南文艺出版社
　　　　（长沙市雨花区东二环一段508号 邮编：410014）
网　址：www.hnwy.net
印　刷：河北鹏润印刷有限公司
经　销：新华书店
开　本：875 mm×1230 mm 1 / 32
字　数：65千字
印　张：6
版　次：2023年1月第1版
印　次：2023年1月第1次印刷
书　号：ISBN 978-7-5726-0694-6
定　价：35.00元

若有质量问题，请致电质量监督电话：010-59096394
团购电话：010-59320018

序

这已经不是我第一次为英国桂冠作家迈克尔·莫波格的作品写导读了。我认为，一位作家心中若没有爱，是不可能写出这样的作品的；我还认为，一位作家心中若没有博大的爱，是不可能写出这些作品的。这就是我对迈克尔·莫波格的评价。

我的评价不仅源于对迈克尔·莫波格作品的了解，更是因为这些作品所涉及的历史背景。这六部作品中《猫王子卡斯帕》以1912年在首航中沉没的泰坦尼克号为背景，《蝴蝶狮》以1914年至1918年的第一次世界大战为背景，《斗士帕科》的背景是1936年至 1939 年的西班牙内战，《花园里的大象》的背景是 20 世纪中期的第二次世界大战，《亲爱的奥莉》的背景是 1994 年爆发的卢旺达内战，《影子》的背景是 21 世纪初的阿富汗战争，六部作品的历史背景时间跨度长达一个世纪。

从中，我们可以清晰地看到，除《猫王子卡斯帕》外，另外五部作品均与战争有关，即便是与战争无关的《猫王子卡斯帕》也是广为人知的海难——泰坦尼克号沉没为历史背景的。因此可以说这六部作品所讲述的故事代表了亚非欧三大洲的人们所经历的苦难。

迈克尔·莫波格非常擅长从真实的历史事件中取材，将人和动物这些个体生命的故事融入真实的历史事件中，从而大大增强了作品的历史厚度。《斗士帕科》和《花园里的大象》分别取材于西班牙内战中的绍塞迪利亚大轰炸和第二次世界大战中的德累斯顿大轰炸。在《蝴蝶狮》的前言中，我们也可以读到狮子的原型取材于第一次世界大战法国战场发生的真实故事。毫不夸张地讲，在我的阅读生涯中，到目前为止，《蝴蝶狮》是唯一一部只看前言就能让我泪流满面的作品，在前言有限的文字中，作家客观地讲述作品的创作过程，字数虽少信息量却极大，让同为作家的我深受震撼。

在这些作品中，迈克尔·莫波格以他最擅长的笔调，不预设意识形态立场，站在人道主义的高度来书写苦难中的人性，去讲述战争对个体生命摧残的故事。这些个体生命不仅包括人还包括动物，我曾在一篇文章中写过，动物是迈克尔·莫波格作品中必不可少的一分子，他擅长通过描写动物的遭遇来触动人内心中最柔软的部分。《蝴蝶狮》里的狮子白雪王子，《亲爱的奥莉》里的燕子英雄，《斗士帕科》里的小公牛帕科，《猫王子卡斯帕》里的黑猫卡斯帕，《花园里的大象》里的大象玛琳，《影子》里的嗅探犬影子，这些可爱的动物本应无忧无虑地生活,却都因战争或灾难的到来,与它们的人类朋友一样,遭受着苦难。我相信所有的读者在阅读时都会一边读一边默默地为它们祈祷。

　　细心的读者在阅读中,一定能体会到这六部作品是从迈克尔·莫波格所创作的约一百五十部中长篇作品中精心挑选的,它们分别代表了作家不同阶段的创作风格。《蝴蝶狮》出版于1996年,《亲爱的奥莉》出版于2000年,《斗士帕科》出版于2001年,这三部作品可以看成一个阶段;《猫王子卡斯帕》出版于2008年,《花园里的大象》出版于2010年,《影子》出版于2010年,这三部作品属于另外一个阶段。但无论哪个阶段,迈克尔·莫波格总是能够从适合儿童心理的角度来讲述故事,以人物遭遇或是名字巧合为切入点引出故事,《蝴蝶狮》中的我从寄宿学校逃跑出来后巧遇老妇人,引出当年也是从寄宿学校逃跑出来的伯蒂和他收养的小狮子的故事；《斗士帕科》里的爷爷和孙子在关于各自"说谎"的交流中带出黑色小公牛帕科的故事；《花园里的大象》中，卡尔与故事主人公莉齐的弟弟卡尔利名字相似，引起莉齐的注意及好感，由此带出了大象玛琳的故事；《影子》也是由同为棕白相间的史宾格犬多格带出驻阿富汗英军嗅探犬影子（波利）的故事。我们可以看到迈克尔·莫波格讲述故事的方式，与家长给年幼孩子讲故事的方式完全一致，使小读者从阅读之初就产生亲近感和真实感。

六部作品除《亲爱的奥莉》外，迈克尔·莫波格均采用他惯用的内视角，即第一人称叙事，这种叙事者本身的个体性感知，能更真切地表现苦难亲历者所遭遇的内心痛苦，更容易同化读者，形成文本强大的张力，这也正是作家一贯的叙事风格。六部作品中《影子》的叙事结构相对复杂，采用了多角度叙事，分别从马特、外公、阿曼的视角讲述故事。多角度叙事要求作家具有高超的写作技巧和强大的把握故事的能力，这种叙事方式在他后期的作品里经常出现，从中我们可以看出迈克尔·莫波格没有停留在自己的创作舒适区，而是在不断地挑战自己、突破自己。

从这些作品中，我们可以看到迈克尔·莫波格对战争一贯的批判和反思态度。《花园里的大象》里主人公德国人莉齐的父亲、母亲以及伯爵夫人，《亲爱的奥莉》里放弃学业远赴非洲卢旺达从事志愿工作的马特，他们的身上都散发着和平主义者的光芒。其他几部作品中虽然没有出现反战者，却通过战争带给主人公和动物们的苦难来批判战争。尤其是在《影子》中，我们可以发现作家具有强烈的现实动机，作家正是通过作品来表达自己对战争的批判、对现实世界的思考，因为就在今天，在世界上的一些国家和地区仍然还在上演着这样的悲剧。

然而，这并非迈克尔·莫波格这些作品真正的现实意义。当我们读到《影子》中阿富汗哈扎拉族少年阿曼对和平生活的向往、对影子的关爱以及马特一家、英军中士布罗迪对阿曼的帮助时，当我们读到《亲爱的奥莉》中被地雷炸断右腿的马特看到燕子英雄受伤的右脚后萌发出再回卢旺达从事志愿工作的想法时，我们就会发现，作家书写主人公在面对战争和苦难时所表现出的勇敢、坚强、博爱、尊重和宽容才是真正的现实意义所在。

最后，希望我们的读者能够从迈克尔·莫波格这套作品中汲取丰富的精神营养，从而成长为一个勇敢、坚强、博爱和宽容的人。

全国优秀儿童文学奖、2015 "中国好书" 获得者，
《将军胡同》作者 史雷
2022 年 7 月 22 日于北京西山

献给弗吉尼娅·麦克纳

迈克尔·莫波格

献给乔治

克里斯蒂安·伯明翰

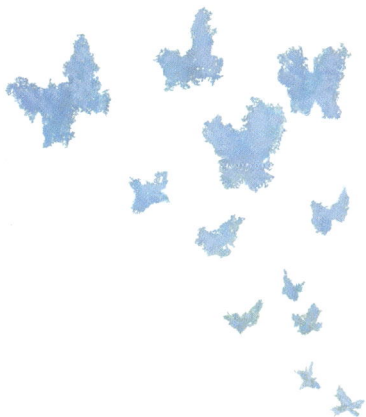

前　言

　　从我手捧第一本《蝴蝶狮》到现在，已经过去了二十五年。当然，当时我并不知道全世界会有多少人像我一样喜爱这本书。我喜爱这本书，是因为我觉得它就像我种下的一棵橡树。我发现了那颗橡果，把它捧在手心，种在肥沃的土壤里，给它浇水，精心地呵护它、照料它，看着它一天天长大。

　　小橡果能长成参天大树，他们是这么说的，这话不假。但这一切是怎么发生的呢？《蝴蝶狮》这棵大树是怎么长起来的？那颗橡果里有什么？那颗橡果不仅仅是一个想法，一个突然闪现的灵感，或一个记不真切的梦。它更像是一个天然的小装置，很小，里面却塞满了或真或假的故事、史料和回忆，它们注定要融合在一起，长成一棵大树，成为一个完整的故事，也就是后来的《蝴蝶狮》。

在那颗橡果的里面，有下面这几件事。

一段回忆。

一个叫迈克尔的小男孩被送到离家一百英里（1 英里 ≈ 1.6 公里）远的寄宿学校，他很想家。有一天，读了妈妈的一封来信之后，他决定逃跑。天正下着雨，他没走多远，就遇到了一位老妇人。老妇人说他不该在那样的下雨天跑出来，并把他领回了家，让他待在温暖的厨房里，给了他一杯热巧克力和一个粘面包。老妇人对小男孩讲了自己的一切，还讲了她的丈夫，就是她给小男孩看的照片中那个穿军装的男人，他在战争中不幸阵亡。过了一段时间，当小男孩暖和过来，鼓起一些勇气后，老

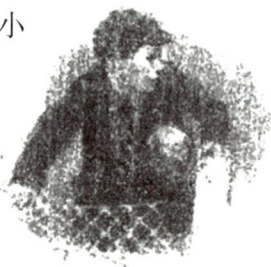

妇人把他送回了学校。没有人发现他离开，就好像这件事从未发生过。也许真的从未发生过。

一个发现。

迈克尔已经长大，成了一名作家，他在一家书店的橱窗里看到了那本名为《提姆巴瓦提的白狮子》的书，封面上有白狮子的照片。他走进书店，翻开那本书，发现了几十张令人惊叹的白狮子的照片。他从来不知道狮子可以是白色的。他买下那本定价是四英镑的书。几天后，他坐在火车上，再次翻阅那本书，欣赏着上面的照片。火车突然在一个偏远的地方停了下来。他朝窗外望去，看见远处的山坡上有一匹巨大的白马，是用白垩雕刻而成的，覆盖了整个山坡。白狮子，白马，他想。白狮子，白马。我要写一个故事，讲的是一头用白垩雕刻的白狮子。

一次邂逅。

但是这个作家，这个叫迈克尔的人，对狮子一无所知，甚至不知道如何动笔写他的故事。他没有故事可写。真是无巧不成书，他在都柏林的一个电梯里，遇到了一位他仰慕已久的了不起的女演员，她主演了那部历史上最著名的关于狮子的电影《生来自由》。她叫弗吉尼娅·麦克纳。两人见面后，迈克尔送给她一本自己写的书——《跳舞的熊》，讲的是一只被关在笼子里的熊。他知道弗吉尼娅毕生致力于"生来自由"慈善机构的工作，目的是结束所有野生动物在笼子里的生活。她回信说，如果他想写一本关于狮子的书，她愿意提供一切帮助。最后，他真的写了那本书，她也确实帮了很大的忙，故事写出来后，她还给它录了音频。

一个故事。

迈克尔在一次晚宴上遇到一位老

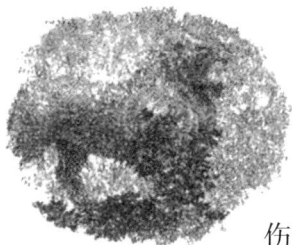

人，他讲了自己祖父的故事。他的祖
父年轻时曾在法国当兵，参加过第
一次世界大战，在战壕里被弹片炸
伤，被送往后方医院治疗。康复期间的
某一天，这个年轻士兵从医院步行到村子里去。他正坐在
咖啡馆里喝咖啡，突然听到了枪声，这很奇怪，因为咖啡
馆离战场有好几英里远。他绕到广场上，看见那儿有一个
马戏团，一个老人手里拿着步枪，眼含热泪，从一个笼子
走到另一个笼子，挨个射杀所有的动物。年轻士兵跑过去
阻止了他。这时只有一个动物还活着：马戏团的那头老狮
子。原来，老人是马戏团的老板，他再也饲养不起他的动
物了。它们快要饿死了，可他已经走投无路。年轻士兵救
下了那只狮子，把它送回英国，它在那里的动物园里度过
了余生。

所有这些，都被紧紧地塞在那个橡果般的小装置里。

它只需要被种进土里，成长为一本书，并由克里斯蒂安·伯明翰绘制精彩的插图，由迈克尔的好朋友兼出版商安－贾妮娜·默塔精心编辑，然后被世界各地数以百万计的读者阅读——每一次阅读都给故事赋予生命，被演员们在舞台上一次次地表演。所有这些人，都让这棵大橡树越来越高大、茂密、苗壮，继续欣欣向荣二十五年，也许更久。谁知道呢。

Michael Morpurgo

目 录

第一章

冻疮和粗面布丁

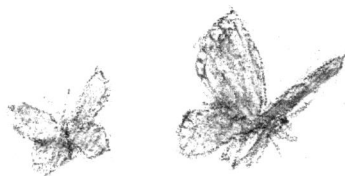

蝴蝶的寿命很短。它们只在花丛中翩翩飞舞几个星期，过了这段辉煌的日子就死去了。要看到蝴蝶，你得在合适的时间出现在合适的地方。我就是这样看见蝴蝶狮的——我碰巧就在合适的时间，出现在了合适的地方。我不是在梦里看见它的，我绝对不是在做梦。那是我小时候一个六月的下午，我真真切切地看见了它：蓝莹莹的，在阳光下闪烁。虽然那是很久很久以前的事了，但我没有忘记，我也绝不能忘记。我向他们保证过的。

　　那时候我十岁，在最偏僻的威尔特郡上寄宿学校，离家很远，我过得很不开心。每天都是拉丁语、炖菜、英式橄榄球、关禁闭、越野跑、冻疮、伤疤、吱吱响的床板和粗面布丁，枯燥乏味。还有那个巴舍·博蒙特，他总是吓唬我、欺负我，所以我醒着的时候，每时每刻都对他怕得要死。我经常想着逃跑，但只有一次鼓足了勇气付诸行动。

　　收到妈妈的一封信后，我非常想家。巴舍·博蒙特把我堵在擦鞋间里，把乌黑的鞋油抹在我头发上。我的拼写测验一塌糊涂，卡特先生叫我头顶着书站在墙角把课听完——他最喜欢用这个法子折磨人。我从来没有这么难受过。我抠着墙皮，当场就打定了主意：我要逃走。

　　到了星期天下午，我动身了。如果运气好，他们吃晚饭的时候才会发现，那会儿我已经到家了，自由了。学校公园后面的栅栏被树丛掩蔽着，我翻栅栏的

时候不会被人看见。然后
我拼命地跑。我跑得那么
快，就好像身后有猎狗在追
我，我一口气跑过了英诺森路
口，来到了公路上。我已经计划好
了逃跑路线：先步行到火车站——只
有五英里左右——搭上去伦敦的火车，
然后坐地铁回家。我要大摇大摆地走进
家门，告诉他们，我这辈子再也不回学校了。

　　路上没有多少行人和车辆，但我还是把雨
衣的领子竖了起来，以防别人看到我的校服。开始
下雨了，雨势很大，一时半会儿似乎停不下来。我穿
过马路，在树木的遮挡下，顺着一道宽阔的路旁草坪
往前跑。草坪旁边是一堵高高的砖墙，一大半的墙都
被常春藤覆盖着。砖墙一直延伸到远处，延伸到目力
所及的地方，不过在道路的拐弯处有一道宏伟的拱门。

一头巨大的石狮子骑在拱门上。走近一些后，我看出它正在雨中咆哮，嘴唇扭曲着，牙齿露在外面。我停下脚步，盯着它看了一会儿。就在这时，我听见身后有一辆车在减速。我来不及多想，一把推开铁门，冲了进去，把身子紧贴着石柱。我注视着那辆车消失在拐弯处。

如果被抓住的话，我肯定会挨鞭子，膝盖后面会被抽打四下，也许六下。更糟糕的是，我会回到学校，再一次被关禁闭，再一次面对巴舍·博蒙特。顺着公路往前走是危险的，太危险了，我还是穿过田野去车站吧。虽然得绕点路，但是要安全得多。

第二章

奇怪的见面

The BUTTERFLY LION

我还没决定往哪个方向走，就听见身后传来一个声音。

"你是谁？你想做什么？"

我转过身。

"你是谁？"她又问了一遍。站在我面前的这位老妇人，个头跟我差不多。她头顶的草帽在滴水，她从帽檐的阴影里仔细打量着我。她有一双犀利的黑眼睛，我不敢与她对视。

"我没想到会下雨。"她说，声音柔和了一些，

"你迷路了吗？"

我没有说话。她身边有一条戴着皮项圈的狗，那

是一条大狗。狗的嗓子里发出一种恶狠狠的低吼声，后背上的毛都竖了起来。

老妇人笑了。"狗说你闯入了私人领地。"她把拐杖指向我，用拐杖头把我的雨衣拨到一边，继续说，"从那所学校跑出来的，是吗？好吧，如果情况还跟过去一样，我恐怕也没法责怪你。但我们不能站在这儿淋雨呀，是不是？你最好还是进来吧。我们给他喝点茶好不好，杰克？你不用怕杰克，它只会叫，不咬人。"我看着杰克，很难相信这句话。

不知道为什么，我一刻都没有想过要逃走。后来，我时常纳闷自己为何那么痛快地跟着她走了。我想是因为她希望我那么做吧，她用意志的力量左右了我。我跟着老妇人和她的狗走进那座房子。那房子真大呀，跟我们学校一样大。看上去像是从地底下长出来的，几乎看不见一块砖头、石头或瓦片。整个房屋都被红色的常春藤掩埋了，屋顶上有十几个裹着常春藤的烟囱，高耸入云。

我们走进一个圆顶的大厨房，在炉子旁边坐了下来。"厨房永远是最暖和的地方，"她说，一边打开了炉门，"很快就能把你烘干。吃点司康饼？"她接着说道，费力地俯下身，够到炉子里面，"星期天我总是吃司康饼，用茶水把它冲下去。你能接受吗？"她一边唠唠叨叨，一边准备着水壶和茶壶。狗一直在窝里盯着我，眼睛一眨也不眨。"我只是在想，"她说，"自从伯蒂之后，你是第一个来我家的小伙子。"说完，她沉默了。

司康饼的香味在厨房里弥漫，我连茶都没有碰就一口气吃了三个。司康饼又甜又脆，伴着熔化的黄油，非常美味。她又快活地说起话来，对我说，对那条狗说——我也不清楚到底是对谁说。我其实并没有在听。我从她身后的窗户望出去，看见太阳正从云层里钻出来，照亮了山坡，在天空上架起了一道完美的

彩虹。这景色虽然神奇，但真正吸引我的并不是彩虹。不知怎的，云似乎在山坡上投下了一个奇怪的阴影，那阴影的形状像一只狮子，它跟门口那只狮子一样在咆哮着。

"太阳出来了。"老妇人说，又递给我一个司康饼。我立刻接了过来。"总是这样，你知道。虽然有时候可能会忘记，但乌云后面总有太阳，而且乌云最后都会消散。真的。"

她看着我吃，脸上的笑容让我从里到外感到温暖。

"别以为我要赶你走，我没有那个意思。很高兴看到一个男孩吃得这么香，也很高兴有人跟我做伴。

不过，在你喝完茶之后，我最好把你送回学校去，是不是？不然你就有麻烦了。绝对不能逃学，你心里清楚。你必须坚持下去，挺过难关，无论如何，要做你该做的事情。"她说话时眼睛看着窗外，"这是我的伯蒂教会我的，愿上帝保佑他，也或许是我教会了他。我现在记不清了。"她继续唠唠叨叨说个不停，但我的心思又跑到了别处。

山坡上的那只狮子还在，此刻在阳光下闪着蓝莹

莹的光。它似乎在呼吸，就像个活物。它不是个影子，因为影子不可能是蓝色的。"没错，这不是你的幻觉。"老妇人轻声说，"这不是魔法。它是真的。它是我们的狮子——我和伯蒂的。它是我们的蝴蝶狮。"

"什么意思？"我问。

她久久地、专注地看着我。"如果你想听，我就告诉你。"她说，"你想知道吗？你真的想知道吗？"

我点点头。

"先再吃一个司康饼，再喝一杯茶，然后我就带你去非洲，我们的狮子就来自那儿，我的伯蒂也来自那儿。告诉你吧，这件事可说来话长呢。你去过非洲吗？"

"没有。"我回答。

"好，你现在就能去了。"她说，"我们一起去。"

突然，我不再感到肚子饿了，一心只想听她的故事。她靠在椅背上，眼睛凝视着窗外。她讲得很慢，每一句话都经过思考。她一直没有把目光从蝴蝶狮身上移开。我也一样。

第三章

提姆巴瓦提

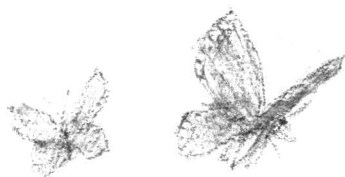

伯蒂出生于南非一座偏远的农舍，靠近一个叫提姆巴瓦提的地方。伯蒂刚会走路后没多久，他的爸爸妈妈就决定在农舍周围竖一圈栅栏，围成一个院子，让伯蒂在里面安全地玩耍。栅栏挡不住蛇——什么也挡不住蛇，但至少豹子、狮子和斑点鬣狗进不来了，伯蒂是安全的。被圈在栅栏里的，是房前的草坪和花园，以及房后的马厩和谷仓。你可能以为，这么大的地方足够满足一个孩子的需要了，然而伯蒂并不满足。

农庄向四面八方延伸，一眼望不到头，周围是方圆两万英亩（1 英亩 ≈ 4046.86 平方米）的大草原。伯蒂的爸爸养牛，但光景十分艰难。雨水经常不够，许多河流和水潭都干涸了。可以捕食的角马和黑斑羚越来越少，一有机会，狮子和豹子就过来偷袭牛群。因此，伯蒂的爸爸经常带着手下的人离家在外，守护牛群。他每次离家前都会说同样的话："千万不能打开栅栏的门，伯蒂，听见了吗？外面有狮子、豹子、大象和鬣狗。你不许乱跑，听见了吗？"伯蒂站在栅栏边，看着爸爸骑马远去，家里只剩下了他和妈妈。妈妈兼任他的老师，因为方圆几百英里内没有学校。妈妈也总是提醒他必须待在栅栏里。"看看《彼得和狼》里发生的事吧。"她经常这么说。

妈妈经常患疟疾，即使她不生病的时候，也总是没精打采，郁郁寡欢。也有一些好日子，她会弹钢琴给伯蒂听，在院子里跟他玩儿捉迷藏。或者在阳台的沙发上，伯蒂坐在妈妈的膝头，听妈妈不停地说呀说呀，说的是她在英国的那个家，还有她多么讨厌非洲的荒凉和孤独，还有伯蒂是她生命中的一切。但这些日子很少有。每天早晨，伯蒂都会爬到妈妈的床上，依偎在妈妈身边，心里怀着一丝渺茫的希望，希望妈妈今天是健康和快乐的。然而经常不如伯蒂所愿，他只好又孤零零地独自玩耍。

　　山坡下有一个水潭，跟农舍有一段距离。水潭里有水的时候，它就成了伯蒂的整个世界。他在灰扑扑的院子里一待就是几个小时，双手抓着栅栏，观看外面大草原上的奇观。他看着长颈鹿叉开四条腿，在水潭边喝水；看着黑斑羚吃草时，尾巴警觉地抽动着；看着疣猪在树荫下吭哧吭哧地喘气；看着狒狒、斑马、角马和大象在泥浆里洗澡。不过伯蒂最渴望见到的，是一群狮子从大草原上慢慢走来的画面。最先跳开的是黑斑羚，接着斑马

也惊慌失措地逃跑了。几秒钟内，狮子就霸占了整个水潭，俯下身去饮水。

伯蒂待在安全的栅栏里，观察着，学习着，一天天长大了。现在，他能爬上农舍旁边的那棵树，坐在高高的树枝上了。他在上面能看得更清楚。他耐心地等待着他的狮子，一等就是几个小时。渐渐地，他对水潭边的生活熟悉得不能再熟悉了，即使没有看到狮子，也能感觉到狮子就在水潭边。

伯蒂没有玩伴，但他总是说他小时候从来都不孤独。夜里，他喜欢看书，喜欢沉浸在书中的故事里；白天，他的心在外面的大草原上，与动物们为伴。那是他心驰神往的地方。每当妈妈身体好一些的时候，伯蒂就央求她带自己到栅栏外面去，但妈妈的回答从来没有改变。

"我不能，伯蒂。你爸爸不允许。"她总是这么说。伯蒂就只好作罢。

　　男人们回家时带来了大草原的故事：猎豹一家像哨兵一样蹲守在小丘上；他们看见的那只美洲豹在高高的树上守着自己的猎物；那些被他们赶跑的鬣狗；还有那群大象，把牛群惊得四散逃窜。伯蒂睁大眼睛听着，兴奋极了。他一次又一次地问爸爸，他能不能跟爸爸一起出去，帮着看守牛群。爸爸只是哈哈大笑，拍拍他的头顶，说那是男人的活儿。他倒是教了伯蒂怎么骑马，怎么射击，但永远限于栅栏之内。

　　时间一星期一星期地过去，伯蒂只能留在他的栅栏里。不过他打定了主意，如果没有人愿意带他去外面的大草原，那么他总有一天会自己前往。然而总有什么事拴住了他的脚步，也许是他听到的那些故事：如果被黑曼巴蛇咬一口，十分钟内你就会送命；还有鬣狗，它们的牙齿会把你嚼得粉碎；还有秃鹫，它们会把残骸一扫而光，连骨头都不会剩下。伯蒂暂时只能待在栅栏里。可是随着他一天天长大，栅栏对他来说越来越像一所监狱。

一天傍晚——那时候伯蒂大概有六岁了——他正坐在高高的树枝上，他希望那些狮子能像往常一样，在这个时间到水潭边来喝水。天很快就要黑得看不清了，他正想放弃时，突然看见一只孤零零的母狮子走到了水潭边。接着他发现母狮子并不是独自来的，一只小狮子颤颤巍巍地跟在它身后。小狮子是白色的，在逐渐浓重的暮色中闪着白光。

母狮子喝水时，小狮子追着妈妈的尾巴玩儿。妈妈喝饱了水之后，它们俩就钻进高高的野草丛，不见了踪影。

伯蒂跑进家里，兴奋地大声尖叫。他必须告诉一个人，不管是谁。他发现爸爸在书桌旁工作。

"不可能。"爸爸说，"要么是你的眼睛出现了幻觉，要么你就是在说谎——二者必居其一。"

"我亲眼看见的，我保证。"伯蒂一口咬定。可是爸爸根本不听，他还因为伯蒂顶嘴，把他打发回了房间。过了一会儿，妈妈来看伯蒂。"每个人都可能犯错，亲爱的伯蒂。"妈妈说，"可能是因为夕阳，它有时会让你的眼睛产生错觉。世界上根本就没有白色的狮子。"

第二天傍晚，伯蒂又在栅栏边观察，可是白色小狮子和母狮子没有来，第三天傍晚也没有来，第四天也没有。伯蒂开始觉得自己肯定是做了个梦。

一个多星期过去了，水潭边只出现过几只斑马和角马。那天，伯蒂已经上楼睡觉了。突然他听见爸爸骑马冲进院子，接着听见了爸爸那沉重的靴子踏上阳台的声音。

"抓住它了！我们抓住它了！"他说道，"特别大的母狮子，真是个大家伙。过去两星期里，它叼走了我最好的六七头牛。这下好了，它再也不会来捣乱了。"

伯蒂的心跳几乎停止了。在那可怕的一刻，他明白了爸爸说的是哪一只母狮子。不会有其他可能。他的白色小狮子成了孤儿。

"万一，"伯蒂的妈妈说，"万一它还有幼崽要哺育呢？它们也许会饿死的。"

"如果放任它，我们自己就会饿肚子。必须开枪把它打死。"爸爸反驳道。

伯蒂躺在床上，整夜听着忧伤的咆哮声在大草原上回荡，似乎非洲的每一只狮子都在唱着一首挽歌。他把脸埋进枕头里，满心挂念着那只变成孤儿的白色小狮子。他当时就向自己许诺，如果小狮子到水潭边来寻找它那死去的妈妈，伯蒂就要做一件他从来没有胆量去做的事，他要打开栅栏的门，走出去，把小狮

子带回家。他不能让它孤零零地死在外面。然而，水潭边没有出现小狮子的身影。伯蒂每天从早到晚地等着它，它却再也没有来。

第四章

伯蒂和狮子

大约一星期后的一个早晨，伯蒂被一片紧急的嘶鸣声惊醒。他从床上一跃而起，跑到窗口。一群斑马被两只鬣狗追赶着，正从水潭边四散逃开。接着他看到了更多的鬣狗，其中的三只一动不动地站着，眼睛盯着水潭，鼻子指向水面。这时伯蒂才看见了小狮子。但这只小狮子根本不是白的，它全身都是泥巴，背对着水潭，可怜巴巴地朝鬣狗挥动着一只爪子，而鬣狗开始包围它。小狮子无处可逃，慢慢地，鬣狗越逼越近。

　　伯蒂闪电一般冲下了楼，一跃身跳出阳台，光着

脚在院子里狂奔，一边扯足了嗓门大喊。他猛地打开栅栏门，朝山坡下的水潭冲去，像个疯子似的大喊大叫，拼命挥动着胳膊。面对这突如其来的打扰，鬣狗们受了惊吓，纷纷

転

转身逃窜，但是没有跑远。伯蒂跑到近前，用鹅卵石噼里啪啦地砸它们，它们又跑开了，但还是没有跑远。伯蒂来到水潭边，挡在小狮子和鬣狗们之间，大喊着叫它们滚开。但它们没有离去，站在那里观望着，迟疑了一会儿。然后它们又开始围拢过来，越来越近，越来越近……

就在这时，枪声响起。鬣狗们慌忙蹿进高高的草丛，不见了。伯蒂转过身，看见妈妈穿着睡衣，手里拿着来复枪，顺着山坡朝他跑来。伯蒂以前从没见过妈妈奔跑。他们一起把满身泥泞的小狮子抬起来，搬回了家。小狮子想挣扎，但是身体太虚弱了，没有力气。他们给它喝了些热牛奶，然后就把它泡在浴缸里，给它洗澡。洗去泥浆之后，伯蒂看到了它的皮毛是白色的。

"看见了吧！"他得意地喊道，"它就是白的！就是白的。我告诉过你了，是不是？它是我的白狮

044

子！”妈妈仍然没法相信这一切。洗了五遍澡之后，
她不得不信了。

　　他们让小狮子坐在炉子边的一只洗衣篮里，又喂
它喝奶，让它饱饱地喝了个够。然后它躺下来，睡着了。
伯蒂的爸爸回来吃午饭时，小狮子还在熟睡。他们把
事情的经过告诉了爸爸。

"求求你，爸爸，我想留下它。"伯蒂说。

"我也是。"妈妈说，"我俩都这么想。"她说话的语气是伯蒂从未听过的，那么坚定和果断。

伯蒂的爸爸似乎不知道该怎么回答。他只是说"我们待会儿再谈这事"，说完他就走了出去。

在伯蒂上床睡觉后，他的爸爸妈妈确实谈论了这件事。但伯蒂并没有睡着，他听见了爸爸妈妈的争吵声。他站在客厅的门外，倾听着，观察着。爸爸在里面踱来踱去。

"它会长大的，你知道。"只听他说道，"你不可能养着一只成年狮子，这你也知道。"

"但你知道我们不可能把它扔给那些鬣狗。"妈妈回答，"它需要我们，也许我们也需要它。它暂时可以当伯蒂的玩伴。"这时她又忧伤地加了一句："毕竟他可能不会再有弟弟妹妹了，是不是？"

伯蒂的爸爸听了这话，走过去温柔地亲吻妈妈的

额头。这是伯蒂唯一一次看见爸爸亲吻妈妈。

"那么好吧。"爸爸说，"好吧。你们可以留下这只狮子。"

就这样，白色小狮子开始在农舍里跟他们一起生活了，它睡在伯蒂的床脚。不管伯蒂去哪儿，小狮子都要跟着，就连去厕所也不例外，它会看着伯蒂洗澡，然后舔去伯蒂腿上的水滴。他们俩形影不离。伯蒂负责给它喂食——每天用爸爸的啤酒瓶喂它喝四次牛

奶，直到后来小狮子可以自己从汤碗里喝奶。家里给它准备了黑斑羚的肉，它随时都能吃到肉。随着它一天天长大——它长得真快呀——它的胃口越来越大。

伯蒂有生以来第一次感到满心欢喜。这只小狮子，是伯蒂所能拥有的所有兄弟姐妹，也是他所需要的所有朋友。他们俩经常并排坐在阳台的沙发上，看着红红的大太阳照耀着整个非洲。伯蒂会给小狮子念《彼得和狼》，最后他总是会向小狮子保证，他永远不会把它送去动物园，让它像故事里的那只狼一样生活在笼子里。这时，小狮子就会用它那双充满信赖的琥珀色眼睛深深地看着伯蒂。

"你为什么不给它起个名字呢？"有一天妈妈问。

"因为它不需要名字。"伯蒂回答，"它是一只狮子，不是一个人。狮子不需要名字。"

伯蒂的妈妈对这只狮子总是出奇地耐心，不管它把家里弄得多乱，不管它撕碎了多少靠垫，不管它打碎了多少盆盆罐罐，似乎都不会让妈妈生气。而且奇怪的是，这些日子妈妈很少生病了。她的脚步变得轻快，她的朗朗笑声在整个家里回荡。可爸爸就没那么高兴了。"狮子，"他常常嘟囔，"不应该住在房子里。你应该把它养在外面的院子里。"但他们从来没那么做。对母子二人来说，这只狮子给他们带来了充满活力与欢笑的新生活。

第五章

逃跑

The BUTTERFLY LION

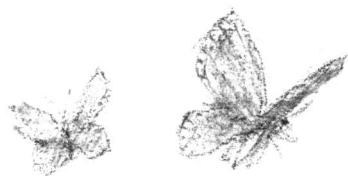

那是伯蒂童年里过得最愉快的一年。然而，这段日子结束带来的痛苦，比他想象中的还要多。伯蒂一直知道，等他长大一些之后，就必须离开家去上学了，但他以为，也希望那是很久以后的事情。他尽量不去多想。

爸爸每年都要去约翰内斯堡出差。他这次出差回来的第一晚，就宣布了那个消息。伯蒂早就感觉到有点不对劲了。最近妈妈又变得郁郁寡欢，她没有生病，只是莫名地情绪低落。她不愿意直视伯蒂的眼睛，每

次对伯蒂微笑时，露出的都是苦笑。狮子躺在伯蒂的身边，热乎乎的脑袋枕在他的脚上。这时，爸爸清了清嗓子，开始了他的长篇大论。伯蒂经常领教这样的训话，关于礼貌，关于诚实，关于离开栅栏的各种危险。

"你很快就要八岁了，伯蒂。"爸爸说，"我和你妈妈认真考虑了一下。一个男孩子需要受到良好的教育，需要进一所好学校。是呀，我们已经给你找到了合适的地方，是英国索尔兹伯里附近的一所学校。你的乔治叔叔和梅拉妮婶婶就住在离学校不远的地方，他们答应在假期照顾你，并且经常去学校看你。他们会暂时充当你的爸爸妈妈。我相信你会跟他们相处得很好。他们都是好脾气、好心眼儿的人。所以，你七月份就坐船去英国。你妈妈会陪你去。她在索尔兹伯里陪你一起过暑假，九月份送你去上学，然后再回农庄。一切都安排好了。"

伯蒂的内心被一种巨大的恐惧感填满，他唯一想到的是他的那只白狮子。"可是狮子呢，"他喊道，"狮子怎么办？"

"恐怕我还有一件事得告诉你。"爸爸说。他看着伯蒂的妈妈，深深吸了口气。然后他对伯蒂说，他在约翰内斯堡认识了一个法国人，是法国一个马戏团的老板，他到非洲为马戏团寻找和购买狮子和大象。他喜欢幼小的狮子和大象，不到一岁的那种，这样他可以不怎么费力地把它们训练出来。而且，运输小动物也更容易，更便宜。几天后，他就会到农庄来，亲眼看看那只白狮子。如果看着满意，他会付一笔可观的费用，把白狮子带走。

伯蒂有生以来第一次冲爸爸大声叫喊："不！不，你不能！"满腔的怒火让他的热泪夺眶而出，但他很快就沉默下来，悲哀而失落地流着眼泪。没有任何话语能够安慰他，但妈妈还是耐心劝慰着。

"我们不能永远把它留在这儿，伯蒂。"她说，

"这点我们一直都知道，是不是？你见过它站在栅栏边，痴痴地望着外面大草原的样子。你也见过它焦躁地走来走去。但我们不能把它放出去。它孤零零的，没有妈妈的保护，是对付不了这个世界的，不出几个星期它就会死掉。你知道的。"

"可是你们不能把它送去马戏团！不能！"伯蒂说，"它会被关在笼子里，我答应过它永远不会这样的。人们会对它指指点点，还会嘲笑它。它宁可死去也不愿那样。换了任何动物都是。"然而，他看着桌子对面的爸爸妈妈，知道现在说什么都没有用了，他们已经打定了主意。

对伯蒂来说，这是一种彻彻底底的背叛。那天夜里，他决定了自己要做的事情。他一直醒着，直到听见隔壁传来爸爸沉重的呼吸声。然后，他穿着睡衣悄悄溜下楼，白狮子跟在

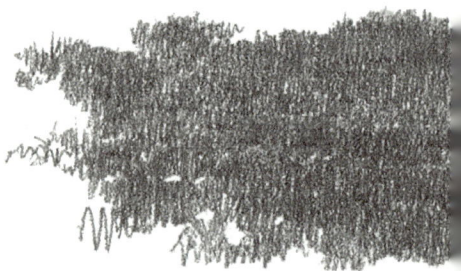

他身后。他从架子上取下爸爸的来复枪，出门走进了夜色中。吱呀一声，他推开栅栏的门，然后他们就出了栅栏，奔向自由。伯蒂根本没有考虑过周围的危险，他一心只想着要离开家，越远越好。

　　狮子轻轻地跟在他身后，偶尔停下来嗅一嗅空气。原本看起来是一片树丛的影子居然变成了一群大象，在黎明中朝他们走来。伯蒂没命地奔跑，因为他知道大象特别讨厌狮子。他跑哇跑，最后两条腿再也跑不动了。当太阳升起来，照在大草原上时，他爬到了一

个小丘顶上，坐了下来，用胳膊搂住狮子的脖子。分别的时刻到了。

"现在到野外去吧。"他轻声说，"你必须在野外生活。不要回家。永远不要回家。他们会把你关在笼子里的。你听见我说的话了吗？我一辈子都会想着你，我向你保证，我永远都不会忘记你。"他把头贴在狮子的脖子上，听着它嗓子里亲热的喘息声。伯蒂站起身。"我走了。"他说，"不要跟上来。拜托，不要跟上来。"伯蒂从小丘上跑下来，走开了。

他回头一看，狮子还坐在那儿望着他。但过了一会儿，狮子站了起来，打了个哈欠，伸了个懒腰，舔了舔嘴唇，就朝伯蒂追了过来。伯蒂冲它大喊，但它继续跟着他。伯蒂朝它扔树棍、扔石子，但统统都不管用。虽然狮子也会停下来，但只要伯蒂一往前走，它就在后

面不远不近地跟着。

"回去!"伯蒂大喊,"你这傻瓜、笨蛋狮子!我恨你!我恨你!回去!"可是,不管他怎么做,不管他说什么,狮子都慢悠悠地跟着他。

只有一个办法了。伯蒂不想这么做,但别无选择。他眼里和嘴里都含着泪水,把来复枪扛在肩头,朝狮子的头顶上方开了一枪。狮子立刻转过身,在大草原上仓皇地奔逃。伯蒂又开了一枪,他一直注视着狮子的身影,直到再也看不见它了,才转过身,走回家去。他知道,他必须面对即将到来的一切。也许爸爸会用鞭子狠狠抽他一顿——他经常这么吓唬伯蒂——但伯蒂不在乎。他的狮子将有可能获得自由,也许这可能性不是很大。不管怎样,都比在马戏团里蹲笼子、挨鞭子强啊。

第六章

法国人

他们都在阳台上等着，妈妈穿着睡衣，爸爸戴着帽子，他给马备好了鞍子，准备去找伯蒂。"我把它给放了。"伯蒂喊道，"我把它给放了，这样它就永远不用生活在笼子里了。"他立刻被打发回自己的房间。他一头扑倒在床上，把脸埋进了枕头里。

每天，爸爸都会出去寻找白狮子，但每晚他都是两手空空地回来。日复一日，他气得心里直冒火。

"法国人来了，我怎么跟他说，嗯？你有考虑到这一点吗，伯蒂？有吗？我应该让你吃一顿鞭子，任何一个称职的父亲都会让你吃鞭子的。"但是他没有鞭打伯蒂。

伯蒂每天从早到晚待在栅栏边，或待在院子里的那棵树上，或待在自己的卧室窗口，目光在大草原上搜寻，看有没有白色的身影在草丛里移动。他每天晚上都跪在床边祈祷，直到膝盖跪得发麻。他祈祷他的白狮子能学会捕食，能找到吃的东西，能躲避那些鬣狗，对了，还得提防其他的狮子。最要紧的是，伯蒂祈祷白狮子不要回来，至少在那个马戏团的法国人离开这里之前不要回来。

法国人来的那天下雨了，那似乎是几个月来第一次下雨。伯蒂看着他站在阳台上，雨水从他身上滴下来，大拇指插在马甲的口袋里。伯蒂的爸爸把那个消息告诉了他：没有白狮子让他领走了，白狮子逃跑了。就在这时，伯蒂的妈妈用一只手捂住喉咙，另一只手指点着什么，大声喊叫起来。白狮子正慢悠悠地走进敞开的栅栏大门，嘴里可怜巴巴地叫着。伯蒂奔到它面前，扑通跪下，一把抱住了它。狮子浑身湿透，瑟瑟发抖。它饿得直喘粗气，而且变得那么瘦，一根根肋骨都清晰可见。他们七手八脚地把它擦拭干净，然后看着它狼吞虎咽地吃东西。

　　"不可思议！难以置信！"法国人说，"果真就像你说的，是白色的，白得像雪一样，而且还很听话。

它会成为我马戏团里的明星，我要叫它'白雪王子'。白雪王子，不管它需要什么、想要什么，都不在话下。它每天都能吃到新鲜的肉，每个晚上都有新换的稻草。我爱我的动物们，你知道。它们是我的亲人，而你的这只狮子，会成为我最宠爱的儿子。不用担心，年轻人，我向你保证，它这辈子不会再挨饿了。"他把一只手放在胸口，"上帝做证，我保证做到。"

伯蒂抬头看着法国人的脸。那是一张善良的脸，没有笑容，但显得十分真诚和可信。尽管如此，伯蒂并没有感到好受一些。

"你也看到了。"伯蒂的妈妈说，"它会幸福的，而这才是最重要的，伯蒂，是不是？"

伯蒂知道再央求也没有用了。他现在知道了，他的白狮子永远不可能自己在野外生存，它只能跟法国人一起走。除此之外，别无选择。

那天夜里，他们并排躺在黑暗中，伯蒂对它许下最后一个承诺。"我会找到你的。"他小声说，"一定要记住，我会找到你的。我向你保证。"

第二天早晨，法国人在阳台上跟伯蒂握了握手，说了再见。"它会很好的，你不要担心。将来有一天，你一定要到法国来，看看我的马戏团——'梅洛马戏团'，它是整个法国最棒的马戏团。"然后他就离开了，白狮子被装在一个木箱里，在法国人的货车后面颠簸摇晃。伯蒂痴痴地望着，直到货车消失在了视野中。

几个月后，伯蒂乘坐蒸汽船离开开普敦，前往英国去上学，开始新的生活。当桌山最后一角消失在一片氤氲的热气中时，他对非洲说了再见，内心没有一丝不快。他有妈妈陪在身边，至少暂时如此。而且，跟非洲比起来，英国离法国更近，近得多。

第七章

稻草桥

The BUTTERFLY LION

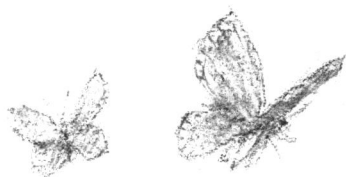

老妇人喝了一口茶，厌恶地皱起了鼻子。"我总是犯老毛病。"她说，"我总是让我的茶凉了。"狗挠挠耳朵，惬意地发出哼哼声，但眼睛一直盯着我。

　　"就这样结束了吗？"我问。

　　她笑了起来，放下手里的茶杯。"应该说还没有。"她摘掉舌尖上的一片茶叶，继续说道，"前面讲的都是伯蒂的故事。他跟我讲了那么多遍，我简直觉得我当时也在场似的。但是从现在起，这同时也是我的故事

了。”

“那头白狮子怎么样了？”我追问道，“伯蒂找到白狮子了吗？他说到做到了吗？”

老妇人似乎突然变得神色忧伤。“你必须记住，”她用一只瘦骨嶙峋的手指着我说，“凡是真实的故事，结尾并不总是像我们希望的那样。你是想听到真实发生的事，还是我为了让你高兴，编出一套故事来呢？”

“我想听到真实发生的事。”我回答。

“那就如你所愿。”老妇人说。她转过脸去，又眺望着窗外的蝴蝶狮，蝴蝶狮仍然在山坡上闪着蓝莹莹的光。

伯蒂在非洲的农庄、在封闭的栅栏里一天天长大，与此同时，我也在稻草桥成长着，在这空寂、荒凉的大宅子里，外面有鹿园，还有高高的围墙。我童年的大部分时间都是孤独的。我是家里唯一的孩子，妈妈在生我的时候死去了，爸爸很少在家。也许正是因为这样的原因，我们俩——我和伯蒂——从认识的那一刻起就相处得那么融洽，我们从一开始就有那么多共同点。

　　我像伯蒂一样，几乎没有离开过我家，所以我几乎没有什么朋友。我也从来没有上过学。家里给我请了一位家庭教师，突普斯小姐，大家都叫她"没嘴唇"，因为她的嘴唇特别薄，而且她很严厉。她在房子里走来走去，像一道冷冰冰的影子。她跟厨娘和保姆一起

住在顶楼。梅森保姆——愿上帝保佑她——一手把我带大，像所有称职的保姆一样，教我懂得所有该做的和不该做的事。但是对我来说，她不只是一个保姆，还是一位母亲，一位特别优秀的母亲。她是我最好的母亲，也是世界上最好的母亲。

上午我总是跟没嘴唇一起学习功课，但心里却一直盼着下午跟梅森保姆到外面散步——除了星期天。整个星期天我都可以自由支配——只要爸爸没有回家过周末，而他多半是不在家的。天气好的时候，我可以放风筝；天气不好的时候，我就看书。我太喜欢看书了——《黑骏马》《小妇人》《海蒂》——每一本我都爱不释手，因为它们把我带到了庭院的围墙外，把我带到了世界各地。我在那些书里结交了最好的朋友——当然，我说的是我认识伯蒂之前。

我记得那是我刚过完十岁生日后不久的事。那是个星期天，我出去放风筝。可是风力不大，不管我怎么拼命地跑，都没法让我最喜欢的那个箱形风筝乘着风飞起来。我寻找着风，一直爬到了木林山上，终于在山顶上找到了风，总算让我的风筝飞上了天。可是没过多久，突然刮来一阵大风，我的风筝打着旋儿冲向了树丛。我根本来不及把它拉回来，它就被一根树枝钩住了，牢牢地卡在了一棵高大榆树上的鸟巢里。那些秃鼻乌鸦呼啦啦地飞出来，嘎嘎叫着表示抗议。我使劲拽着风筝线，又气又急地哭着。后来我放弃了，一屁股坐下来，放声大哭。就在这时，我发现一个男孩从树荫里走了出来。

　　"我帮你把它拿下来。"他说完就开始爬树，三下两下就爬上了那根树枝，伸出手去，解开了我的风筝。风筝飘飘悠悠地落在了我的脚边。我最好的风筝已经变得破破烂烂，但至少它回来了。男孩从树上下来，站在了我的面前。

　　"你是谁？你想做

什么？"我问。

"如果你愿意的话，我可以把它修好。"他说。

"你是谁？"我又问了一遍。

"我叫伯蒂·安德鲁斯。"他回答。他穿着一件灰色校服，我一眼就认出来了。我经常在狮园门口看着穿这身校服的学生散步，他们两个一排，戴着蓝色的校帽，穿着蓝色的短袜。

"你是路边那所学校的学生，对吗？"我问。

"你千万不要告发我，好吗？"他猛地睁大了眼睛，惊慌起来。这时我才注意到他的腿上有一道道的血痕。

"你是去打仗了吗？"我问。

"我是逃出来的。"他继续说，"我不回去了，永远不回去了。"

"你想去哪儿呢？"我问他。

他摇了摇头。"我不知道。假期里我住在索尔兹

伯里的婶婶家，但我不喜欢那里。"

"你就没有一个正式的家吗？"我问。

"当然有。"他回答，"每个人都有，但我的家在非洲。"

那天的整个下午，我们一起坐在木林山上，他跟我讲了关于非洲的一切，关于他家农庄，关于那个水潭，关于他的白狮子。他说白狮子目前在法国的一家马戏团里，他一想到它就心痛难忍。"但我会找到它的！"他情绪激动地说，"我肯定会找到它的！"

说实在的，对他说的关于白狮子的话，我不确定自己能信几成，因为我认为根本不可能有白色的狮子。

"但问题是，"他继续说道，"就算我找到了它，也不能像我心心念念的那样，把它带回非洲去。"

"为什么不能？"我问。

"因为我妈妈死了。"他垂下眼睑，揪着身边的野草，"她患了疟疾，但我认为她其实是因为伤心而死的。"当他抬起头来时，他的眼睛里闪烁着泪光。"你知道，人确实会伤心而死。后来我爸爸就卖掉农庄，跟另一个人结婚了。我再也不想回去了。我再也不想看见他了，永远也不想。"

我想说我为他妈妈感到难过，但却找不到合适的措辞。

"你真的住在这里吗？"他问，"住在这座大房子里？它简直跟我的学校一样大。"

我把自己少得可怜的那点事情告诉他，我说我爸爸

经常远在伦敦，还说了没嘴唇和梅森保姆。我说话时，他吮吸着紫色三叶草。当我们俩都没有话可说时，我们就仰面躺在阳光下，看着一对呜呜叫的秃鹰在头顶盘旋。我在想，如果他被学校的人抓住会怎么样。

"你有什么打算呢？"我最后问道，"你不会有麻烦吗？"

"如果被他们抓住就会有麻烦。"

"但他们会抓住你的，最后肯定会抓住你的。"我说，"趁他们还没发现你不在，赶紧回去。"

过了一会儿，他用胳膊肘撑起身子，低头看着我。

"也许你说得对。"他说，"可能他们还没发现我不在。也许现在回去还来得及。但如果我回去了，还能再来这儿吗？只要我还能再来，我就能面对学校了。你愿意让我来吗？我会帮你把风筝修好，真的！"他朝我露出一个那么让人心软的笑容，令我无法拒绝。

于是就这么安排好了：每个星期天下午三点，或者在快三点的时候，他在木林山上那棵大山榆树下跟我碰头。他只能从树林里穿过来，这样就不会被房子里的人看见。我特别清楚，如果没嘴唇发现了这件事，就会大祸临头——可能我们俩都会倒霉。伯蒂耸了耸肩，说如果他被抓住，学校里的人顶多也就是打他一顿，那也没有多大关系。如果他们把他开除，那太好了，他正巴不得呢。

第八章

平安无事

The BUTTERFLY LION

从那以后，伯蒂每个星期天都过来。有时候他待不了多久，因为回学校后还要关禁闭，或者我不得不把他打发走，因为爸爸回来过周末了，跟他的朋友们一起在庭园里打山鸡。我们必须多加小心。伯蒂真的修好了我那个最好的箱形风筝。但过了一阵，我们就把放风筝的事忘到了脑后，只是一起聊天、散步。

我和伯蒂眼巴巴地盼望着我们的星期天。在接下来的那两年里，我们先是成了好伙伴，后来成了最好的朋友。我们从来没有告诉对方这一点，因为没有必要。随着我对他的了解越多，就越相信他说的关于非洲的一切，相信"白雪王子"在法国什么地方的一家马戏团里。当伯蒂一遍遍地告诉我，他总有一天要想办法找到他的白狮子，保证它再也不用生活在笼子里时，我对他的话也深信不疑。

学校的假期总是长得没有尽头，因为伯蒂星期天不能过来了，但至少我也不用忍受上没嘴唇的课了。没嘴唇在假期里总是去马盖特的海边，跟她姐姐住在一起。我不上没嘴唇的课了，梅森保姆就带着我没完没了地漫步大自然。"到野外去走一走"，她这么说。

"可是这太无聊了。"我抱怨着，跺着脚对她说，"如果我们有斑马，有水牛和大象，有狒狒和长颈鹿，有角马和斑点鬣狗，有黑曼巴蛇，还有老鹰和狮子，我倒是不反对走一走。可是我们这里只有几只鹿，一个狐狸洞，也许还有一个獾的窝，十几摊野兔粪，一个知更鸟的鸟窝，还有几棵延龄草，这有什么意思呢？”有一次，我没能管住自己，脱口说道：“你知道吗，奶妈，非洲有白狮子，真正的白狮子！”

“真没想到。”她大笑起来，“你又在编童话故事呢，米莉。你看书看得太多了。”

我和伯蒂不敢互相写信，生怕有人发现了我们的信，拿去偷看。好在学校又开学了，每一个星期天下午的三点钟，他又准时准点地出现在那棵山榆树下。我们一直在聊些什么，现在我真是不记得了。他有时候说，他每次看到马戏团的海报，都会想起“白雪王子”。可是随着时间的推移，他谈起白狮子的时候越来越少，后来索性不再提起了。我想他也许把白狮子忘记了吧。

我们都成长得太快了。我们一起度过了最后一个暑假，然后我将被送到萨塞克斯海边的一座修道院学校，伯蒂要去坎特伯雷大教堂所属的一所学

院。我们万般珍惜每一次见面，知道彼此在一起的时间不多了。我们闷闷不乐地沉默着。我们之间的爱始终没有说出口。当我们的目光交汇时，当我们的手碰在一起时，彼此都知道这份爱的存在，并都对彼此深信不疑。在他离开我之前的最后那个星期天，他送了我一个风筝，是他在学校的木工课上做的。他对我说，我每次放这个风筝都必须想起他。

后来他去上大学，我去了修道院，我们再也没有见过彼此。我每次放他给我的那个风筝时都格外小心，生怕又把它挂在树梢上，再也取不下来。我想，如果我弄丢了那个风筝，就等于永远失去了伯蒂。我把风筝收藏在我卧室的衣柜顶上，直到今天它还在那儿。现在我们互相写信了，因为我们都离开了家，通信很安全。我们在信里交谈，就像那些年在木林山上一起谈天说地一样。我写信总是东拉西扯，拉拉杂杂地写得很长。我说现在没嘴唇走了，我待在家里比以

前开心多了。他的信息是很短，而且字很小，几乎看不清。他被囚禁在教堂区的高墙里，并没有比以前快乐多少。学院喜欢敲铃，他写道，从早到晚地敲铃——起床铃，开饭铃，上课铃，丁零零，丁零零，丁零零，铃声把他的日子切割成了薄片。我们俩都特别讨厌铃声。每天夜里他最后听见的声音，是守夜人在他宿舍窗外的城墙边巡走，摇着铃铛大声喊道："十二点啦。夜晚安好。平安无事。"然而伯蒂知道，我也知道，每个人都知道，并不是平安无事，一场巨大的战争已经来临。他的信里和我的信里，都充满了对战争的恐惧。

接着，战争爆发了。就像许多风暴一样，起初只在远处隆隆作响，我们都希望它能与我们擦肩而过。然而事与愿违。爸爸穿着卡其军装，和亮闪闪的褐色长靴，看上去那么威武气派。他在前门的台阶上跟我

和梅森保姆说了再见，然
后就钻进他的汽车，绝尘
而去了。我们再也没有看
见过他。他战死的噩耗传
来时，我没法假装自己悲
痛欲绝。我知道作为一个
女儿，应该为父亲的亡故
而悲伤，我也尽力去做了。
我心里当然是难过的，但
是，你很难深深地哀悼一
个自己几乎不了解的人，
而我的父亲对我来说一直都是个陌生人。更糟糕的是，
我一想到同样的厄运也会落到伯蒂身上，就感到痛心
得多。我暗自希望和祈祷，趁着伯蒂还在坎特伯雷平
安地上大学时，战争就能结束。梅森保姆总是说战争
到圣诞节时就打完了。然而，圣诞节每年都如约而至，

战争却一直没有结束。

我心里还记着伯蒂在大学里写给我的最后一封信。

最亲爱的米莉：

我已经到了参军的年龄，我要去参军了。我已经受够了栅栏、围墙和铃声。我想自由地飞翔，似乎只有参军才能实现这一点。

而且，他们需要男人。我仿佛看见你读到这句话时哑然失笑的样子。你记忆里的我还是个小男孩。我现在已经六英尺（1英尺=30.48厘米）多高了，每星期剃两次胡子。真的！我可能有一段时间不会再写信了，但不管发生什么事，我都会永远想着你。

你的

伯蒂

这是我最后一次收到他的消息——至少在一段时间内，他杳无音信。

第九章

一大堆废话

狗在厨房的门口哀叫。"替我把杰克放出去，好吗？"老妇人说，"好孩子，告诉你吧，我要把伯蒂给我做的那个风筝拿下来。你很想看一看，是不是？"说完她就走了出去。

　　我巴不得把那条狗放出去，把它关在门外呢。

　　没想到老妇人很快就回来了。"这就是。"她说着，把风筝放在我面前的桌上，"你觉得它怎么样？"风筝很大，比我预想中的大得多，上面布满灰尘。它是用棕色帆布绷在一个木头框架上做成的。我以前见

过的任何一个风筝都比它鲜艳，比它更光彩夺目。我想，我的脸上一定露出了失望的神情。

"知道吗，它还能飞起来呢。"她说，然后吹去了风筝上的灰尘，"你应该看看它飞起来的样子。你应该亲眼看看。"她在椅子上坐下，我等着她继续往下讲。"好吧，我刚才讲到哪儿了？"她问，"我最近太健忘了。"

"伯蒂的最后一封信。"我说，"他就要去前线打仗了，可是那头白狮子——'白雪王子'呢？它怎么样了？"我听见狗在外面汪汪大叫。老妇人对我露出微笑。"有耐心才会得到一切。"她说，"你为什么不看看窗外呢？"

我朝窗外望去。山坡上的狮子不再是蓝色的了，它现在变成了白色。那条狗在山坡上奔跑，追赶着在自己周围纷纷飞起的一群蓝蝴蝶。"凡是会动的东西，它都要去追。"她说，"不过别担心，它一只也抓不住。

它从来没抓到过什么。"

"不是外面那只狮子。"我说，"我问的是故事里的狮子。它后来怎么样了？"

"你没有看见吗？它们是一回事呀。外面山坡上的那只狮子，和故事里的那只狮子，它们是一回事。"

"我不明白。"我说。

"你很快就会明白的。"她回答，"很快就会的。"她深吸了一口气，又打开了话匣子。

在许多年里，伯蒂闭口不谈在前线打仗的事。他总是说，那是一场噩梦，最好把它忘却，也最好不把它告诉别人。可是后来，当他做了一些反思之后，也许是时间治愈了他的伤痛之后，他跟我讲了一些当时的事情。

十七岁时，他满怀希望和期待，率领着自己的团，沿着法国北部的道路开往前线。短短几个月之后，他就蜷缩着坐在泥泞的战壕底部，双手捂着头顶，头夹在两膝之间，把自己紧紧地缩成一团。嗖嗖的子弹把他周围的世界撕得粉碎。然后，哨声响起，他们就跳出战壕，进入无人区，装好刺刀，在机关枪的嗒嗒声中向德国人的战壕挺进。他左边和右边的战友纷纷倒下，但他继续往前走，他在等待那颗刻着他名字的子弹，他知道那颗子弹随时都会把他击倒。

每当黎明时分，他们必须从防空洞里出来，在战壕里"待命"，以防遭到袭击。德国人经常在黎明时发起进攻。那就是他二十岁生日早晨的情形。在清晨的阳光里，他们浩浩荡荡地来到无人区，不料很快就被敌方发现，像成熟的玉米一样被大片地割倒。他们转身逃跑。哨声响了，伯蒂领着他的战友们跳出战壕，进行反击。

但是德国人早就料到了这一招，于是，惯常的杀戮开始了。伯蒂的腿中了一枪，摔倒在一个弹坑里。他本想在坑里等待一整天，然后在黑夜的掩护下爬回去，但他的伤口在大量流血，而他没有办法止血。他决定趁自己还有力气的时候，爬回战壕去。

他匍匐前进，慢慢接近铁丝网，马上就要回到安全的地方了，却突然听到有人在无人区哭喊。他无法假装自己听不见。他发现两个战友并排躺着那里，伤

势严重，无法动弹。其中一个已经不省人事。伯蒂把那个有意识的战友扛在肩上，向战壕走去，密集的子弹在他周围呼啸而过。那个战友很重，伯蒂被他压得摔倒了好几次，但又挣扎着站起来，踉踉跄跄地往前走，直到两人一起滚进了战壕。担架手们想把伯蒂抬走。他们说，伯蒂会失血过多而死的，但他不听。他还有一个战友也受了重伤，躺在无人区里，不管发生什么，伯蒂都要把他背回来。

　　伯蒂把双手举过头顶挥舞着，爬出战壕，向前走去。射击几乎立刻就停止了。这时，他已经虚弱得几

乎走不动了，但还是挣扎着走到那个受伤的战友身边，把他拖了回来。伯蒂说，最后，当他跌跌撞撞地回到己方的阵地时，德军和英军的士兵都站在护墙上，为

他欢呼喝彩。接着其他人也跑出来帮他，然后他就什么都不知道了。

他醒来时，发现自己躺在医院的病床上，那两个

被他救出来的战友，分别躺在他的两
边。几个星期后，他还在医院里时，
就得知自己因为在战场上的英勇表
现，被授予了维多利亚十字勋章。他
是时代的英雄，是整个团的骄傲。

后来，伯蒂总说那是"一大堆废话"。他说，真
正的勇敢，是必须克服恐惧。那时候本应该感到害怕
的，但他并没有。他根本来不及害怕，就不假思索地
做了那件事，就像很多年前在非洲，他还是个小男孩
的时候救了那头白狮子一样。当然，他在医院里被照
料得无微不至，这让他感到很享受，然而他的腿没有
彻底痊愈。当他还在住院的时候，我找到了他。

我能找到他，并不是完全出于偶然。三年多了，
我没有收到他的一封信。虽然他告诉过我一段时间内
不会再写信了，但长时间的杳无音信让我难以忍受。
每次邮差来的时候，我都满怀希望，而每次希望落空

的时候，那失望的痛苦就越发强烈。我把这些都告诉了梅森保姆，她帮我擦去眼泪，叫我向上天祈祷，她也会帮我祈祷。她相信很快就会有信来的。

如果没有保姆，我真不知道怎么生活下去。我太痛苦了。我见过那些从法国回来的伤员，他们瞎了眼睛，中了毒气，变成了残疾人，我总是害怕在他们中间看到伯蒂的脸。我还在报纸上看到一长串一长串的名单，上面列出所有阵亡或"失踪"的人员。我每天都在寻找他的名字，每次找不到时，都会感谢上帝。但他仍然没有来过信，我必须弄清原因。我想，他也许伤得很重，不能写字，一个人孤零零地躺在医院里，没有人关爱他。

于是，我决定当一名护士。我要去法国，尽我所能去救治和安抚伤病员，并且暗暗地希望能够找到伯蒂。然而我很快就发现，在这么多穿军装的人中间，要寻找他简直是大海捞针。我甚至不知道他所在的团，也不知道他的军衔，我根本不知道从哪里开始寻找。

我被派到了离前线五十英里的一家医院，就在离亚眠不远的地方。医院是由一座城堡改建的，有塔楼和宽大的楼梯，病房里挂着枝形吊灯。冬天太冷了，很多人不是死于重伤，而是死于寒冷。我们尽了一切努力帮助他们，然而医院里缺少医生，药品也很匮乏。总是有那么多的伤员进来，他们的伤很严重，惨不忍睹。每救活一个人，对我们来说都是莫大的喜悦。相信我，在那样艰难的环境中，我们需要一些快乐。

一九一八年六月的一天早晨，我一边吃早饭，一边看着一本杂志，我记得是《伦敦新闻画报》。我翻过一页，看到了一张脸，我立刻就认了出来。他老了一些，脸变得消瘦了，脸上没有笑容，但我可以肯定那就是伯蒂。他的眼神深邃而温柔，跟我记忆中的完全一样。他的名字是"阿尔伯特·安德鲁斯队长，维多利亚十字勋章获得者"。下面有一整篇文章介绍了

他的英雄事迹，并且说他正在一家医院里养伤，而那家医院就在十多英里开外。即使八匹野马也挡不住我去见他。下个星期天，我就骑车过去了。

多年后我再次看到他时，他正在睡觉，靠在枕头上，一只手放在脑后。"你好。"我说。

他睁开眼睛，皱起眉头看着我。过了一会儿他才认出了我。

"你去打仗了，是吗？"我问。

"差不多吧。"他回答。

第十章

白雪王子

The BUTTERFLY LION

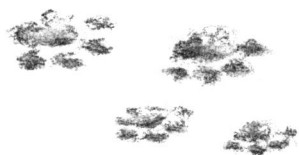

医院里的人说，我可以每个星期天用轮椅推他出去，只要不让他累着，能按时回来吃晚饭就行。就像伯蒂说的，这就像是回到了我们小时候的那些星期天。我们只有一个地方可去，是短短一英里外的一个小村庄。村庄已经所剩无几，只有空荡荡的几条街道，房屋破烂不堪，教堂的尖塔有一半已经断裂了。广场上有一家咖啡馆，谢天谢地，它竟然还完好无损。我用轮椅推着伯蒂走一段，当他感觉身体有劲的时候，就拄着拐杖一瘸一拐地往前走。我们多数时候都坐在咖

啡馆里聊天，或顺着河岸一边漫步一边聊天。我们分别了那么多年，有太多的话要对彼此说。

他告诉我，他没有给我写信，是因为他觉得在前线的每一天都可能是他的最后一天，他可能活不到太阳落山。他的那么多战友都死去了，早晚会轮到他的。他希望我把他忘记，这样他阵亡时我就不会知道，也就不会感到伤痛。"你不知道，就不会痛苦。"他说。他从来没想过他能活下来，而且竟然还能再见到我。

有一个星期天我们外出时，我注意到马路对面的邮局废墟的墙上贴着一张海报。海报已经褪色，下半张被扯走了，但上半张的字迹还很清楚，是法文。上面写着"梅洛马戏团"，下面是"白雪王子"——白雪王子！而且，一张狮子咆哮的图画清晰可见，是一头白狮子。伯蒂也看见了。

"是它！"他激动地说，"肯定是它！"他不要我搀扶，从轮椅里急急地站起来，挂着拐杖，一瘸一拐地穿过马路，朝咖啡馆走去。

咖啡馆老板正在擦外面的人行道上的桌子。"马戏团。"伯蒂回身指着海报说。他不怎么会说法语，就大声用英语喊道："你知道的，狮子，大象，小丑！"

那人茫然地看着他，耸了耸肩。于是，伯蒂开始像狮子一样咆哮起来，双手在空气中抓刨。我看到咖啡馆窗口里那些惊慌的面孔，咖啡馆老板摇着头，连连后退。我从墙上扯下海报，拿了过去。我的法语比伯蒂稍微好一点。这回，咖啡馆老板立刻就明白了是怎么回事。

"啊！"他露出一个放心的笑容，说道，"梅洛先生。马戏团，很惨，太惨了！"他接着用结结巴巴的英语说："马戏团，完蛋了。可惜，非常可惜。那些士兵，你们知道，他们需要啤酒和红酒，也许还有姑娘。他们不需要马戏团。没有人来，梅洛先生就只能把马戏团关掉了。可是那些动物怎么办呢？他留着

它们，喂养它们。

　　"可是炮弹打来了，越来越多的炮弹，他的房子——那个词怎么说来着——被轰炸了。许多动物都死了。可是梅洛先生，他没有离开，而是继续喂养大象、猴子和狮子'白雪王子'。每个人都喜欢白雪王子。军队把所有的干草都拿去喂马了，动物们就没有东西吃。所以梅洛先生，他就拿出了枪，不得不把它们打死了。马戏团没有了，结束了。惨啊，太惨了！"

"全部吗？"伯蒂喊道，"他把动物们都打死了吗？"

"不。"咖啡馆老板说，"没有全打死，他留下了'白雪王子'。他不会打死'白雪王子'的，永远也不会。许多年前，梅洛先生从非洲把'白雪王子'带来，让他成了全法国最有名的狮子。他像爱儿子一样爱那只狮子。那只狮子让梅洛先生发了大财。但梅洛先生现在破产了，失去了一切。他现在一无所有，只有'白雪王子'。真的，我认为他们会死在一起。也许他们已经死了。谁知道呢。"

"这位梅洛先生，"伯蒂说，"他住在哪儿？我在哪儿能找到他？"

咖啡馆老板指着村庄外面，说："大概七八公里吧，是河边的一座老房子。过桥，然后往左拐，不太远。不过梅洛先生也许已经不在那儿了，也许那房子也不

在那儿了。谁知道呢。"他最后耸了耸肩，转身进屋去了。

村里总是有军队的大卡车隆隆驶过，所以搭车不费什么事。我们把轮椅留在了咖啡馆里。伯蒂说轮椅只会碍事，他拄着拐杖完全能对付。我们找到了那座房子，是一座磨坊屋，就像咖啡馆老板说的，一过桥就看见了。房子已经支离破碎。周围的谷仓被炮弹轰炸过，废墟被大火熏得黑乎乎的。只有正房还有一片屋顶，但看上去也是满目疮痍。房子的一角破了个大窟窿，用帆布勉强遮挡着，帆布被风吹得啪啪作响。这里似乎没有任何生命的迹象。

伯蒂敲了几下门，没人应声。这地方让我感到害怕，我想立刻离开，但伯蒂根本不听。他轻轻地一推门，门开了。里面一片漆黑。我不想进去，但伯蒂牢牢地抓住我的手。

"它在里面。"他轻声说，"我能闻到它的气味。"

确实如此。空气里有一股气味，臭烘烘的，很刺鼻，是一种我很陌生的气味。

"你是谁？"房间的黑暗里传出一个声音，"你想干什么？"他的声音很轻，在外面哗哗的河水声中，你几乎听不清他的话。我勉强看出房间那头的窗户底下有一张大床，一个男人躺在那里，倚靠在一大堆软垫上。

"梅洛先生？"伯蒂问。

"什么事？"

我们一起走上前去，伯蒂继续说："我是伯蒂·安

125

德鲁斯。许多年前，你到过我在非洲的农庄，买走了一只白色的小狮子。它还在你身边吗？"

似乎是为了回答他的话，床脚那条白色的毯子变成了一只狮子，从床上站起来，跳下床，一步步朝我们走来，喉咙里发出一阵可怕的隆隆声。我呆在原地，眼睁睁地看着狮子朝我们逼近。

"不要怕，米莉。它不会伤害我们的。"伯蒂用一只胳膊搂住我，说道，"我们是老朋友了。"狮子呻吟着、低吼着，在伯蒂身上蹭来蹭去，它蹭得那么用力，我和伯蒂不得不互相紧紧抱住，不让自己摔倒在地。

第十一章

奇迹呀，奇迹！

The BUTTERFLY LION

狮子盯着伯蒂看了一会儿，然后就不叫了。伯蒂轻轻抚摸它的鬃毛，挠着它的两只眼睛中间的位置，它高兴地哼哼和呻吟起来。"还记得我吗？"伯蒂对狮子说，"还记得非洲吗？"

　　"你就是那个人？我不是在做梦吧？"梅洛先生说，"你就是非洲的那个小男孩，那个想把它放走的小男孩？"

　　"我长大了一点。"伯蒂说，"没错，就是我。"伯蒂和梅洛先生热情地握了握手，狮子把注意力转向

了我，用热乎乎、毛糙糙的舌头舔我的手。我拼命咬紧牙关，希望它不要把我的手吃掉。

"我已经尽力了，"梅洛先生摇着头说，"可是看看它现在的样子，像我一样瘦得皮包骨。我所有的动物都走了，只留下了'白雪王子'。我的身边只有它了。我不得不亲手射死我的大象，你懂吗？我没办法呀，我能怎么办呢？没有东西喂它们，我总不能眼睁睁地看着它们饿死吧？"

伯蒂在床上坐下，用胳膊搂住狮子的脖子，把头埋在它的鬃毛里。狮子轻轻蹭着伯蒂，但眼睛一直看着我。不瞒你说，我不敢靠得太近。我怎么也摆脱不了狮子吃人的想法，特别是饥饿的狮子。而这只狮子早已饿得头昏眼花。它的肋骨和髋骨都凸了出来。

"别担心，先生，"伯蒂说，"我会给你们找到吃的。我会让你们俩都吃得饱饱的，我保证。"

我招手让一辆救护车停下来，司机起初以为只是

一个护士想搭车回村里。你可以想象，他看到老人和伯蒂后，就有点不情愿了，后来又看到一头白色的大狮子，他更是满心的不乐意。

　　一路上，司机不停地咽口水，一句话也没说，当伯蒂叫他让我们在村广场下车时，他只是点了点头。就这样，大约半小时后，我们四个就坐在了咖啡馆外面的阳光下，狮子在我们脚边啃着一根巨大的骨头，肉铺老板非常乐意把那根骨头卖给我们。梅洛先生一言不发地吃着一盘炸土豆，就着一瓶红葡萄酒。渐渐地，人们惊讶地聚拢在我们周围，有村民、法国士兵和英国士兵——都谨慎地与我们保持着距离。伯蒂一直挠着狮子头上两眼之间的位置。

　　"它总是喜欢有人给它好好挠挠这里。"伯蒂说着，朝我笑了笑，"我对你说过我会找到它的，是不是？"

132

他接着说，"我一直不确定你是不是真的相信我。"

"我相信你。"我回答，接着又加了一句，"过了一段时间我就相信你了。"这是事实。我想，正因为这点，我才对那天早上发生的一切坦然不惊。那一切太神奇了，简直不像是真的，但并不令人意外。一个预言变成了现实，一个愿望成真——两者兼而有之，所以并不完全出人意料。

我们三个坐在咖啡馆的外面，慢慢喝着红酒，一边商量着拿"白雪王子"怎么办。梅洛先生不停地哭泣，一遍遍说着"奇迹呀，奇迹！"接着他又擦去眼里的泪水，又喝了一杯红酒。他可真喜欢喝红酒呀！

整个计划都是伯蒂的主意。说实在的，我当时觉得根本就办不到，我不该那么想的。我早该知道伯蒂一旦下定了决心，就一定会把事情做成的。

我们领着狮子走在村里的路上，伯蒂靠在狮子身上，我用轮椅推着梅洛先生。人

群看到我们，纷纷退后，给我们让路。然后他们开始
跟在我们后面，顺着道路往伯蒂的医院走去。当然啦，
他们谨慎地与我们保持着距离。一定是有人提前传出
了消息，我们现在看到医生和护士都聚集在医院门前
的台阶上，每个窗户里都有人在探头张望。我们来到
医院时，一位军官走上前来，是一个上校。

伯蒂敬了个礼。"长官，"他说，"这位梅洛先
生是我的一位老朋友。他在这医院里需要一张病床，

需要休息，还需要吃许多许多好东西。狮子也是一样。所以我想问一句，长官，能不能把医院后面的围墙花园借我们用一用？花园里有个小棚子，狮子可以在里面睡觉。它会很安全，我们也不会有危险。我非常了解它，它不吃人。这位梅洛先生说过，如果我能喂养和照顾这只狮子，就可以把它带回英国去。”

“我的天哪！”上校结结巴巴地说，走下了台阶。“你以为你是谁呀？”他说。就在那时，他认出了伯蒂。“你就是获得十字勋章的那个人，是吗？”这个上校突然变得礼貌多了，“安德鲁斯，是不是？”

“是的，长官，我走的时候，想把这只狮子也带回英国。我们已经想好了一个地方让它居住。”他转向我。“是不是？”他问。

“是的。”我说。

要说服上校同意太不容易了。后来我们告诉他，如果我们不照顾白狮子的话，就没有人会管它，它就会被带走，被枪打死，上校听了这话态度才软化了。一只狮子，英国的象征，被枪打死！这完全不利于鼓舞士气，伯蒂这样争辩道。上校听进去了。

战争结束后，说服英国的当权者允许狮子回家也不太容易，但伯蒂想办法做到了。他不能接受别人的拒绝。后来伯蒂总是说，是勋章发挥了作用，如果他没有维多利亚十字勋章这份荣誉，是不可能把事办成的，那么"白雪王子"也就不可能回家了。

　　我们在多佛港靠岸时，乐队在演奏乐曲，彩旗在高高飘扬，到处都是摄影师和新闻记者。

　　"白雪王子"在伯蒂的身边走下船，受到了英雄般的热烈欢迎。第二天，各大报纸纷纷报道"英国的雄狮回家了"。

　　就这样，我和伯蒂带着"白雪王子"回到了稻草桥。我和伯蒂在乡村的教堂结了婚。我还记得伯蒂和

牧师有过一点争执，因为牧师不允许狮子进入教堂参加婚礼。我很庆幸牧师没有让狮子进来，但我从来没有告诉过伯蒂。梅森保姆很喜欢伯蒂和"白雪王子"，但总是要求它经常洗澡，因为它身上臭烘烘的。梅森保姆和我们三个——她称我们是"她的三个孩子"——一起生活，后来她渐渐上了年纪，去了德文的海边。

第十二章

蝴蝶狮

The BUTTERFLY LION

我们一直没有自己的孩子，只有"白雪王子"。不瞒你说，家里有它这一个孩子就足够了。就像我们计划的那样，它在庭院里自由自在地游逛，高兴的时候就去追一追鹿和野兔。但是它始终没有学会自己捕猎——老狮子学不会新把戏了。它日子过得不错，主要吃鹿肉为生，睡在楼梯过渡平台的沙发上——不管伯蒂提出过多少次，我都不肯让它进我们的卧室。你总得有个底线吧。

伯蒂的腿一直没有完全恢复。情况严重的时候，

他经常需要拄着拐棍，或者依靠着我或白狮子行走。这让他感到非常痛苦，特别是在阴冷潮湿的天气，而且他总是睡不好觉。星期天，我们三个会一起在庭院里散步，他搂着他的老朋友的脖子，坐在木林山顶，我放风筝。你知道，我一直都很喜欢风筝。没想到白狮子也很喜欢风筝。风筝一落地，白狮子就朝它们猛扑过去，把几个风筝撕扯成了碎片。

对于逃跑，白狮子从来没有表现出任何兴趣，就算它想逃跑，庭院的围墙也太高了，年迈的狮子根本跳不过去。不管伯蒂去哪儿，它都想跟着去。如果伯蒂开车出去，白狮子就会挨着我坐在厨房的火炉边，用那双琥珀色的大眼睛看着我，一直竖着耳朵，捕捉伯蒂的汽车从碎石路开到房子前面的声音。

老狮子活了很大的岁数。但是那时候它的腿变得僵硬，眼神也不济了。最后的日子里，它总趴在

伯蒂的脚边昏睡，就在你现在坐着的这个地方。它死了以后，我们把它埋在了那边的山脚下。这是伯蒂的愿望，因为他一眼就能从厨房的窗口看到那个地方。我提议我们种一棵树，以免忘记了它在哪里。"我永远不会忘记的。"他情绪激动地说，"永远不会。而且，一棵树远远不足以祭奠它。"

狮子死后，伯蒂接连好几个星期、好几个月都郁郁寡欢。我不管做什么都不能让他高兴起来，甚至没有办法安慰他。他经常在自己的房间里枯坐几个小时，

148

或者独自散步去很远的地方。他似乎封闭在了自己的内心里，让人无法靠近。我想尽了办法，还是无法触及他的内心。

后来有一天，我在厨房里，突然看到他匆匆跑下山来，挥舞着他的拐棍，大声呼喊着我。"我有主意了！"他大叫着走进厨房，"我终于有主意了！"他举起他的拐棍头让我看。上面有白色的东西。"看到了吗，米莉？是白垩粉！下面是白垩粉，是不是？"

"那又怎么样？"我问。

"你知道阿芬顿山坡上那匹著名的白马吗？就是几千年前人们用白垩雕刻出来的那匹，那匹马一直没有死，是不是？它今天还活着，是不是？没错，我们也要这么做，这样它就不会被忘记了。我们要把"白雪王子"雕刻在山坡上——它将永远在那儿，而且永远是白色的。"

"那是很花时间的，不是吗？"我问。

　　"我们有的是时间，不是吗？"他回答，又露出了那种笑容，他十岁那年问我能不能回来帮我修风筝时，脸上也曾露出那样的笑容。

　　这件事一做就做了整整二十年。一有空闲时间，我们就到山坡上去，用铁锹和铲子挖地、铲土。我们用水桶和手推车运送草皮和泥土。这虽是件很累人的辛苦活儿，但也是一种爱的劳作。我们完成了，我和

伯蒂，我们一起完成了狮子的脚爪、尾巴、鬃毛，最后它整个完成了，每个细节都很完美。

　　我们刚雕刻完，蝴蝶就飞来了。我们注意到，夏天的雨后，太阳出来时，那些蝴蝶——它们是阿多尼斯蓝蝶，我查过的——纷纷飞了出来，在白垩的狮子

脸上饮水。这个时候，"白雪王子"就变成了一头蝴蝶狮，并且像活着一样有了呼吸。

现在你知道了，伯蒂的白狮子是怎样变成了"白雪王子"，"白雪王子"又怎样变成了我们的蝴蝶狮。

第十三章

狮子将与羔羊同卧

老妇人转向我，笑了笑。

"好了，"她说，"这就是我的故事。"

"那么伯蒂呢？"话一出口，我就知道不该这么问，但我必须知道。

"他死了，亲爱的。"老妇人回答，"人老了都会死的，这没什么可忧愁的。可怕的是孤独，所以我才养了杰克。伯蒂和他的狮子一样，活了很大的岁数。他就埋在'白雪王子'旁边的山下。"她扭头向山上凝望了一会儿。"那里也是我的归宿。"她说。

她用手指轻轻敲了敲桌子。"好了，你该走了。趁他们还没有发现，赶紧回学校吧，免得给自己惹上麻烦。我们可不希望那样，是不是？"她笑了，"你知道吗，许多年前伯蒂从学校逃出来时，我也是这么对他说的。你还记得吗？"她说着站了起来，"走吧，我开车送你。别那么担心。我保证不让别人看到你，让他们以为你从未离开过学校。"

"我还能再来吗？"我问。

"当然可以。"她说，"你可能并不总是那么容易找到我，但我会在这里的。等我把茶具收拾一下，我们就出发，好吗？"那是一辆非常老式的车，黑色的，端庄而有风度，车里有一股皮革的气味，发动机呜呜地响。她把我送到学校公园尽头的栅栏边上。

"多加小心，亲爱的。"她说，"一定要尽快再来看我，好吗？我会等你的。"

"一言为定。"我回答。我翻过栅栏，然后转过

身朝她挥手，可是汽车已经开走了。

学校里没有人发现我离开过，这让我大大松了口气。最棒的是，巴舍·博蒙特住院了。他患了麻疹。我真希望他的麻疹要过很久很久才能好。

吃晚饭的时候，我脑子里只想着伯蒂·安德鲁斯和他的那只白狮子。炖菜、馅饼，还有抹了覆盆子果酱的粗面布丁——又是老三样！我吃着黏糊糊的粗面布丁，突然想起了伯蒂·安德鲁斯也曾在这所学校就读过。我想，也许他当年也像我们一样，不得不坐在这里，吃着黏糊糊的粗面布丁。

我抬头看着餐厅墙上的荣誉榜，看着这些年来所有获得奖学金的男孩的名字。我开始寻找伯蒂·安德鲁斯，但没有他的名字。我转念一想，为什么非得有他的名字呢？也许他和我一样，在学业上并不优秀。并不是每个人都能获得奖学金的。

库基——我的历史老师库克先生——挨着我坐在桌子的一头。"你在找谁呢，莫波格？"他突然问道。

"安德鲁斯，先生。"我说，"伯蒂·安德鲁斯。"

"安德鲁斯？安德鲁斯……有一个阿尔伯特·安德鲁斯，他在一战中获得了维多利亚十字勋章。你说的是他吗？"库基把碗擦干净，还舔了舔勺子背面。"我最爱吃覆盆子果酱了。你可以在小教堂里找到他的名字，就在东窗下，在战争纪念碑的下面。但他不是在战争中阵亡的，你知道吧。他住在稻草桥，就是门口有石狮子的那个地方，在大马路的对面。他大概是十一二年前去世的，那时候我刚来这里教书不久。他是唯一一个获得十字勋章的老校友。所以他去世后，学校在小教堂里为他立了一块纪念牌。我还记得他妻子来给纪念牌揭幕的那天——应该说是他的遗孀。可怜的人，独自住在那么大的房子里，只有她的狗与她做伴。几个月后她就去世了，据说是因为心碎而死。确实有这种事，你知道，人真的会因为心碎而死。从那以后，那房子就一直空着，也没有亲戚来接管它，谁也不想要它。那么大的房子，真是可惜。"

我说我想离开一下，去上厕所。我冲过通道，跑过院子，进入了小教堂。果然，那块小铜牌就在库基所说的地方，但是被一个花瓶遮住了。我把花瓶移到一边。铜牌上写着：

> 阿尔伯特·安德鲁斯
>
> 维多利亚十字勋章获得者
>
> 生于 1897 年，卒于 1968 年
>
> 我校的老校友
>
> 狮子将与羔羊同卧

整整一夜，我都想解开这个谜。库基弄错了，他肯定是弄错了。我一夜都没合眼。

第十四章

阿多尼斯蓝蝶

The BUTTERFLY LION

第二天下午，运动课结束后，我翻过公园尽头的栅栏，冲过英诺森路口，穿过马路，沿着围墙走过去，悄悄地溜进了铁门，石狮子在我的头顶上咆哮，天空正下着夏季的蒙蒙细雨。

　　我试着敲了敲前门。没有人应声，也没有狗叫。我绕到房子后面，从厨房的窗户往里看。那个箱形风筝还放在厨房的桌上，但四下里不见老妇人的身影。我啪啪地敲着厨房的门，越敲越响，敲了一遍又一遍。我大声喊道："喂！喂！"没有任何回答。我又用力

地砸窗户。"你在吗？你在吗？"

"我们都在。"我身后传来一个声音。我转过身，那儿没有人，只有孤零零的我，还有山坡上的那只白狮子。刚才是我的幻觉。我爬上山坡，坐在狮子的白色鬃毛上方的草地上，看着下面的那座大房子。寒鸦在头顶上嘎嘎地叫。排水沟和烟囱周围长着茂密的欧洲蕨和野草。几扇窗户用木板封住了。排水管已经脱落，锈迹斑斑。大房子里空荡荡的，一个人也没有。

雨突然停了，太阳烤着我的脖子后面，暖融融的。

第一只蝴蝶落在了我的胳膊上，是蓝色的。"阿多尼斯蓝蝶，阿多尼斯蓝蝶。"那声音又出现了，就像我脑海里的回音。接着，我周围飞满了蝴蝶，它们纷纷停落在白垩上饮水。

"阿多尼斯蓝蝶，记得吗？"还是那个声音，一个真实的声音，是她的声音。这次我知道它不是我脑海里的幻觉。"好孩子，为了我们，让它一直保持白色吧。我们不愿意它被遗忘，经常想一想我们，好吗？"

"好的，"我哭着喊道，"我会的。"

我发誓，在远处狮子的吼叫声中，我感到脚下的地面在颤抖。

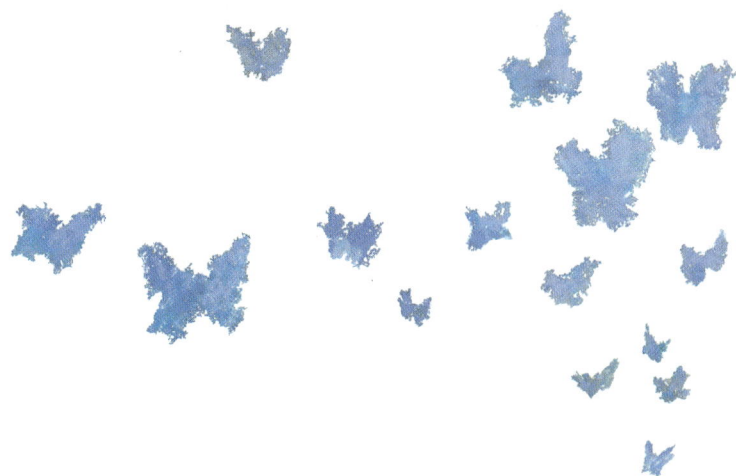